GW00371627

M. BRUIT
musicien

M. BRUIT
musicien

Roger Hargreaves

Ce matin-là, une camionnette traversa la petite ville
de Solville et se dirigea vers la maison de monsieur Bruit.
C'était la voiture de monsieur Musico, le marchand
d'instruments de musique.

Que transportait-il ?
Des instruments de musique, bien entendu !

Oui, mais lesquels ?

Toi qui connais si bien monsieur Bruit,
as-tu une petite idée ?

– Quel bonheur ! s'écria monsieur Bruit en voyant
la voiture approcher. Voilà mon instrument de musique !
J'adore le bruit depuis ma plus tendre enfance.
Dans mon berceau, je criais déjà si fort que les voisins
se bouchaient les oreilles.
Maintenant, je vais jouer de la musique et ils seront
tellement contents qu'ils m'enverront des fleurs.

Monsieur Bruit s'empressa d'aider monsieur Musico
à décharger sa camionnette.

– Au revoir et merci, monsieur Musico !

Poum ! Patapoum ! Poum Poum !

Quel était donc le mystérieux instrument de musique
qui faisait trembler la maison de monsieur Bruit,
des fondations jusqu'au plafond ?

Et…

… obligea madame Vedette à fermer ses fenêtres pour ne plus entendre l'affreux tintamarre?

L'instrument qui…

… provoqua la grogne de monsieur Grognon?

Eh bien ! Monsieur Bruit s'était offert une magnifique batterie ! Et pour les voisins, c'était un enfer.
Irrité par le vacarme, monsieur Malpoli alla trouver monsieur Bruit.

– Dites donc, allez-vous bientôt cesser de nous casser les oreilles ? Votre horrible boucan commence à nous fatiguer !

– Boucan ? répéta monsieur Bruit, tout surpris.
Ma musique, du boucan ? Moi qui croyais vous faire plaisir !

Monsieur Bruit était confus.

Pour rien au monde il n'aurait voulu importuner
ses voisins.

Il demanda donc aussitôt à monsieur Musico
de venir échanger la batterie contre un instrument
moins bruyant.

Vlam ! Vlam ! Vlam !

La maison de monsieur Bruit ne fut guère plus calme
pour autant.

As-tu trouvé quel était le nouvel instrument
de monsieur Bruit ?

Avec cet instrument, monsieur Bruit faisait toujours beaucoup de bruit !

Désormais, madame Beauté ne pouvait trouver le sommeil et, à force de ne pas dormir, elle commençait à avoir le teint brouillé.

Aussi décida-t-elle de se rendre chez monsieur Bruit dès le matin.

– Monsieur Bruit, regardez-moi bien !
Dites-moi où sont passés mon teint de rose
et l'éclat de mes yeux ?
Je manque terriblement de sommeil !

– Vous aimez tellement ma musique
que vous n'en dormez pas la nuit ?
Mais entrez donc, je vais vous jouer un petit air !

Non, madame Beauté n'appréciait pas la guitare
électrique.

Et monsieur Bruit, qui se prenait pour une vedette
de pop-music, fut très déçu.

Sur le chemin du retour, madame Beauté rencontra monsieur Malin.

– Mes oreilles vont exploser, se plaignit-elle. Mon teint est fané et j'ai les yeux cernés ! Tout ça, à cause du bruit de monsieur Bruit. C'est épouvantable !

Et monsieur Malin eut une idée…

… que monsieur Bruit trouva excellente.

Le lendemain était jour de fête.

Non seulement l'épouvantable vacarme avait cessé, mais un orchestre jouait une merveilleuse musique sous la conduite du nouveau maestro, monsieur Bruit, et… de sa silencieuse baguette.

Décidément, l'histoire de monsieur Bruit…

… a vraiment fait beaucoup de bruit!

LA COLLECTION
MONSIEUR
c'est aussi
48 personnages

#	Nom
1	M. CHATOUILLE
2	M. RAPIDE
3	M. FARCEUR
4	M. GLOUTON
5	M. RIGOLO
6	M. COSTAUD
7	M. GROGNON
8	M. CURIEUX
9	M. NIGAUD
10	M. RÊVE
11	M. BAGARREUR
12	M. INQUIET
13	M. NON
14	M. HEUREUX
15	M. INCROYABLE
16	M. À L'ENVERS
17	M. PARFAIT
18	M. MÉLI-MÉLO
19	M. BRUIT
20	M. SILENCE
21	M. AVARE
22	M. SALE
23	M. PRESSÉ
24	M. TATILLON
25	M. MAIGRE
26	M. MALIN
27	M. MALPOLI
28	M. ENDORMI
29	M. GRINCHEUX
30	M. PEUREUX
31	M. ÉTONNANT
32	M. FARFELU
33	M. MALCHANCE
34	M. LENT
35	M. NEIGE
36	M. BIZARRE
37	M. MALADROIT
38	M. JOYEUX
39	M. ÉTOURDI
40	M. PETIT
41	M. BING
42	M. BAVARD
43	M. GRAND
44	M. COURAGEUX
45	M. ATCHOUM
46	M. GENTIL
47	M. MAL ÉLEVÉ
48	M. GÉNIAL

1 MME AUTORITAIRE
2 MME TÊTE-EN-L'AIR
3 MME RANGE-TOUT
4 MME CATASTROPHE
5 MME ACROBATE
6 MME MAGIE
7 MME PROPRETTE

8 MME INDÉCISE
9 MME PETITE
10 MME TOUT-VA-BIEN
11 MME TINTAMARRE
12 MME TIMIDE
13 MME BOUTE-EN-TRAIN
14 MME CANAILLE

15 MME BEAUTÉ
16 MME SAGE
17 MME DOUBLE

LA COLLECTION MADAME
c'est aussi
40 personnages

18 MME JE-SAIS-TOUT
19 MME CHANCE

20 MME PRUDENTE
21 MME BOULOT
22 MME GÉNIALE
23 MME OUI
24 MME POURQUOI
25 MME COQUETTE
26 MME CONTRAIRE

27 MME TÊTUE
28 MME EN RETARD
29 MME BAVARDE
30 MME FOLLETTE
31 MME BONHEUR
32 MME VEDETTE
33 MME VITE-FAIT

34 MME CASSE-PIEDS
35 MME DODUE
36 MME RISETTE
37 MME CHIPIE
38 MME FARCEUSE
39 MME MALCHANCE
40 MME TERREUR

Adaptation : Josette Gontier
Dépôt légal n° 58915 - Juin 2005
ISBN : 2.01.224888.8 - Édition 01
Loi n° 49-956 du 16 juillet 1949 sur les publications destinées à la jeunesse.
Imprimé et relié en France par I.M.E.